Mon anim

Sophie Dieuaide est née en 1962, à Angers. Elle a fait des études de dessin et a travaillé dans l'architecture pendant plusieurs années avant de commencer à écrire, en 1996. Depuis, ses histoires pour enfants ont été publiées chez de nombreux éditeurs : Casterman, Hachette, Mango, Lito, Pocket, Autrement et Bayard Jeunesse.

Du même auteur dans Bayard Poche :
Ma révolution (J'aime lire)

Jacques Azam est né en 1961 dans le Tarn. Il vit aujourd'hui à Toulouse avec sa famille. Autodidacte, il a commencé par faire des dessins de presse adulte. Puis il s'est orienté vers la jeunesse, pour la presse et l'édition. Ses ouvrages sont publiés chez Milan, Bayard Jeunesse et Nathan.

Du même illustrateur dans Bayard Poche :
Le jardin de la sorcière - Charlie le fantôme - Joyeux anniversaire ! (J'aime lire)

Mon animal à moi

Une histoire écrite par Sophie Dieuaide
illustrée par Jacques Azam

J'AIME LIRE

BAYARD POCHE

1
C'est mon anniversaire !

Ce dimanche-là, j'ai couru réveiller mes parents et j'ai crié :

– Debout ! Ça y est ! J'ai neuf ans ! C'est mon anniversaire !

Des mois que j'attendais ça, douze exactement. Ils ont bâillé, ils ont grogné, ils ont fini par se lever.

Lentement, mon père est sorti de leur chambre. Lentement, il s'est dirigé vers la cuisine. Le matin, c'est toujours lui qui prépare mon chocolat. Il n'a pas été très rapide non plus pour verser le cacao et il s'est trompé dans les boutons du micro-ondes.

J'ai crié :

– Papa, ça va déborder ! C'est juste un bol de lait à réchauffer, pas une pizza à décongeler.

– Doucement, Baptiste ! Ne t'agite pas comme ça, m'a-t-il demandé, et surtout… parle moins fort…

Il a soupiré et il a proposé à Maman, qui entrait avec les cheveux en l'air et les yeux fatigués :

— Et si, exceptionnellement, on lui donnait son cadeau tout de suite ? Ça le calmerait… Je sais bien que, d'habitude, on attend le dîner, le gâteau et tout le tintouin mais, là, ce n'est pas un cadeau comme les autres…

Pas comme les autres, mon cadeau ? Pas comme les autres ? Qu'est-ce que mon père voulait dire par là ? J'allais peut-être enfin avoir des Starcombators ? Avec toutes les figurines et tous les vaisseaux, et même le masque de Grombluzz le Cruel, le chef des chefs ?

Un cadeau pas comme les autres… C'était peut-être encore mieux que ça… Une table de ping-pong ? Une géante, une verte avec le filet, les raquettes et tout ? Mes parents acceptaient enfin d'en mettre une dans le salon ?

Maman s'est approchée de moi, elle avait
l'air bien réveillée d'un seul coup.

— Baptiste ! Tu vas l'avoir, ton cadeau…
mais écoute-moi bien ! Nous avons beaucoup
hésité à te l'offrir, car nous te trouvons trop
jeune pour cette responsabilité…

— Responsabilité ?

Et soudain j'ai cru que je rêvais ! Une moto !
Comme mon grand cousin ! Ils m'avaient
acheté une vraie moto avec un moteur et un
vrai phare !

– Baptiste, a continué Maman. Avant tout,
je veux que tu me promettes de ne pas oublier
qu'un animal n'est pas un jouet !

– Bravo pour la surprise…, a ronchonné Papa.

Et moi, pendant une seconde, je me suis senti tout mou.

Pfft ! Dans ma tête, ma moto a disparu. C'était fini, fichu, je continuerai à aller à l'école à pied comme un imbécile…

Mais non ! Un animal, sûr que c'était un chien !

Je n'irai plus à l'école comme un imbécile ! J'irai avec mon chien ! J'ai sauté au cou de mon père. Un chien ! Mon chien ! Génial ! Génial de génial ! Un bon gros chien, c'était mieux qu'un masque de Grombluzz, même cruel, bien mieux qu'une table de ping-pong, presque aussi chouette qu'une moto avec un vrai phare !

2
Plus gros que celui de Théo

Les chiens, je les préfère forts et poilus, avec une grosse frange sur les yeux. Je les aime surtout pas trop sages et très voraces. Ça me fait toujours rigoler quand ils vident leur gamelle en deux coups de langue et qu'ils se mettent à pleurnicher avec des yeux tristes pour avoir un petit rab, comme s'ils n'avaient rien mangé depuis des mois. Oui, en résumé, c'est ça.

De toute façon, mes parents savaient très bien le genre de chien que je préférais. Depuis que mon voisin Théo avait adopté le sien, j'en avais très souvent parlé avec eux, je leur avais même fait des dessins de celui que je voulais.

Je leur avais dit très clairement : « Tout ce qui compte, c'est d'avoir un chien plus gros que celui de ce crâneur de Théo ! »

Des mois que Théo paradait en bas de l'immeuble avec son Bobosse au bout de la laisse !

Il me disait : « Dommage pour toi, Baptiste, mais t'es beaucoup trop petit pour que je te laisse le promener. C'est un vrai chien, tu comprends ? Pas un de ces toutous à sa mémère qui passent leur temps sur un coussin ! Regarde comme il est costaud… Regarde comme il est musclé… Et t'as vu ses crocs ? »

Bientôt, avec mon chien à moi, j'allais enfin clouer le bec à ce prétentieux. J'ai embrassé mon père.

– Ah ! Tu as l'air content, Baptiste, ça fait plaisir ! a dit Papa.

Un peu que j'étais content ! J'ai crié :

– Il est où ? Il est où ?

Papa semblait ravi. Maman est allée fouiller dans un tiroir. Elle cherchait quelque chose.

– Une minute, Baptiste ! a-t-elle dit. Je veux d'abord que tu lises cette lettre que je t'ai préparée et que tu la signes ! La voilà !

– Qu'est-ce que c'est ?

– Ta lettre d'engagement à t'occuper de ton animal, mon chéri ! Lis !

J'ai lu.

Moi Baptiste Vétel
Je m'engage à ne pas oublier de :
1. Donner de l'eau et de la nourriture à mon animal.
2. Nettoyer et changer régulièrement sa litière.
3. Réparer ses bêtises (surtout quand c'est de ma faute)
Fait à Paris le 25 mai

Je connais ma mère, je savais bien que je ne verrais pas le bout de la truffe de mon chien avant d'avoir signé.

Un instant, j'ai trouvé bizarre qu'il ait besoin d'une litière. Mais j'étais trop impatient pour y réfléchir, j'ai vite signé et j'ai ajouté : « Sur mon honneur ! Baptiste Vétel ».

– C'est parfait ! s'est réjouie Maman. Maintenant, pendant que je réveille ta sœur, va prendre une petite douche et attends-nous au salon…

Le temps de mouiller un gant de toilette, de faire beaucoup de buée dans la salle de bains et un peu de bruit d'eau en secouant la main sous le robinet, et j'allais enfin le voir, lui, mon animal à moi tout seul !

3
Frimeur

Huit heures cinq... Huit heures six... sept...
huit... Tout seul dans le salon, je n'arrêtais pas
de regarder ma montre. J'aurais eu le temps
de prendre une vraie douche, moi ! Huit
heures neuf... dix... onze... douze ! Toujours
personne. C'est dingue, le temps qu'il leur faut
pour se préparer ! Je tournais en rond...

Je repassais devant la table basse quand j'ai
aperçu le téléphone. Je l'ai attrapé et j'ai fait le
numéro de Théo :

– Allô…

– Bonjour, madame Chabert ! C'est Baptiste.
Je pourrais parler à Théo, s'il vous plaît ?

– Baptiste ! Non, mais tu as vu l'heure ? Un
dimanche… Tu exagères !

– Oh, pardon… C'est que c'est mon anniversaire…

J'ai entendu un gros soupir et un lointain :

– Je vais le chercher…

Théo n'a pas traîné. C'est connu que les enfants se lèvent beaucoup plus tôt que les parents, le dimanche.

– Baptiste ?

– Oui ! Dis donc… vous restez là, ce matin ? Parce que je voudrais te montrer une surprise qui va t'en boucher un coin !

– Ton cadeau ?

– Ouiiii… C'est ça, mon cadeau !

J'en rigolais tout seul à l'avance.

– Qu'est-ce que c'est ? Qu'est-ce que c'est ? a demandé Théo.

Je l'aurais bien fait mariner un peu mais j'ai entendu du bruit dans le couloir.

– Il faut que je raccroche ! À plus tard ! Passe quand tu veux…

– Mais…

Schklong ! J'ai raccroché. Les pas approchaient, les chuchotements aussi. La poignée a pivoté et la porte s'est ouverte…

J'ai fermé les yeux pour faire un vœu et j'ai murmuré : « Pitié ! Faites que mon chien soit deux fois plus gros que celui de cette patate de Théo… » et paf ! Papa est entré avec la cage.

LA CAGE ?

J'ai presque hurlé :

– Une cage ? Dans une cage ? Mais il doit être minus comme chien !

Ma sœur, Chloé, a éclaté de rire :

– Ce n'est pas un chien, banane, c'est un rongeur !

Je ne voulais pas le croire. Ils ne pouvaient pas me faire ça à moi ! Pas pour mes neuf ans ! Pas à moi qui suis sage, gentil, obéissant… Ils ne pouvaient quand même pas… M'OFFRIR UN RAT !

Eh bien, si ! Le rat était marron clair, gras-souillet et court sur pattes. En fait, c'était un hamster. Je n'ai pas pu en voir davantage, il a plongé sous la litière.

Vous êtes déçus ? Je comprends. Moi aussi, j'étais déçu, anéanti même. De quoi j'allais avoir l'air devant Théo ? Encore heureux que je ne lui aie pas donné de détails au téléphone. Il aurait bien rigolé si je lui avais dit : « Hé ! Ho ! Théo ! Mets ton chien rachitique dans ta poche et viens admirer mon labrador ! »

Nous sommes restés un moment sans rien dire tous les quatre, enfin tous les cinq si on compte le rat. Puis Papa m'a pris par les épaules en chuchotant :

– Il a une jolie petite frimousse, hein ? Mais pourquoi tu fais cette tête, Baptiste ? Tu n'aimes plus les animaux ?

– Si, les gros.

– Sois un peu gentil ! est intervenue Maman. Ton père a voulu te faire plaisir, tu regardais souvent les hamsters à l'animalerie…

La litière a remué. J'ai vu pointer un museau, une oreille, une patte et hop ! Il est encore retourné dans sa litière. Un hamster trouillard, en plus ! Ah, merci, le cadeau d'anniversaire !

Papa m'a regardé, il a regardé la cage et il a dit :

– J'ai compris ! Ta mère avait raison, on n'offre pas un animal comme on offre un objet. Je le rapporte à l'animalerie, tu auras un autre cadeau…

J'aurais dû être content, repenser au masque de Grombluzz ou à ma table de ping-pong, mais je n'en ai pas eu le temps. Le rat a couiné et il a sauté dans sa roue. D'un seul coup, il s'est mis à tourner comme un dingue. Il faisait son intéressant, son sportif.

— Non, je l'ai, je le garde, ai-je dit sans trop savoir pourquoi.

La roue tournait de plus en plus vite, ça faisait trembler la cage. Il devait avoir compris qu'on était tous là à le regarder, le nez sur les barreaux, car il a encore accéléré. Ça lui plaisait de se faire admirer. Alors moi, ce prétentieux, j'ai décidé de l'appeler Frimeur.

4
Une crooootte !

Pendant une heure, je ne l'ai pas pris, je ne lui ai pas parlé, je ne l'ai pas caressé. Rien ! Je l'ai seulement observé de derrière le fauteuil vert pour qu'il ne me voie pas.

Mes parents et ma sœur ont repris leurs occupations habituelles du dimanche matin. Mes parents se sont préparés pour aller au marché de la place Monge et Chloé s'est installée sur le canapé devant les dessins animés.

Pendant la pub, elle est venue m'espionner.

– Alors, tu ne le prends pas dans tes mains ?

– Occupe-toi de ta télé et…

– Une crooootte ! a hurlé ma sœur. Maman ! Viens vite ! Il a fait une croootte !

Déjà habillée pour sortir, un panier à chaque bras, Maman a fait remarquer à Chloé que c'était assez naturel et qu'il n'y avait peut-être pas de quoi ameuter tout l'immeuble.

Mais ma sœur a rigolé :

– C'est peut-être naturel, n'empêche qu'il va bien falloir que Baptiste l'enlève !

– On ne change pas la litière à chaque crotte ! est intervenue Maman.

Je me suis senti plus léger.

– Tous les trois jours, ça suffit amplement ! a ajouté Maman.

Je me suis senti moins léger.

Et j'ai eu une idée :

– Comme c'est Papa qui a choisi Frimeur, on pourrait dire que c'est lui qui s'occupe de sa litière ?

– Ça ne plaît à personne, a répondu sèche-
ment Maman. On ne va pas en discuter indéfi-
niment et je me permets de te rappeler que tu
as signé une lettre qui t'engage à bien t'en
occuper. Baptiste, je te repose une dernière
fois la question : gardes-tu ce hamster, oui ou
non ? Ce hamster… et sa litière !

Je n'ai rien répondu, j'ai saisi la cage et je l'ai emportée. Elle était encombrante, j'ai eu du mal à passer dans le couloir. J'ai fermé la porte de ma chambre avec le pied. J'ai hésité un instant avant de poser la cage.

Finalement, j'ai choisi de l'installer au milieu du tapis, pas trop loin de la fenêtre. À la lumière, mais pas trop au soleil. Ce n'était pas un mauvais endroit, mais, pour que Frimeur ne se fasse pas trop d'illusions, je lui ai quand même murmuré :

– OK, tu restes ! Mais, mon vieux, je te préviens… Va falloir la gagner, ta nourriture. Ici, t'es pas à l'hôtel !

5
Go !

J'ai ouvert la cage. Frimeur s'est laissé attraper. Ses pattes me chatouillaient le creux de la main, je l'ai déposé sur le tapis. Tout de suite, il a semblé très content d'être en liberté. Il a fureté à droite, à gauche, il a grimpé sur mon lit et, assez vite, il s'est retrouvé sur les étagères.

Je n'ai crié qu'une seule fois : quand il s'est approché de mes vaisseaux Galactica. Il les reniflait dangereusement.

– Oublie ça, Frimeur, ou t'es un rat mort !

J'ai dû crier un peu fort, ça lui a fait un effet terrible : il a passé le turbo, il a filé comme une fusée. Oui, je dois le reconnaître, ce hamster n'était pas un ramolli !

Je suis allé chercher la boîte de graines et je lui en ai donné deux parce que c'était marqué en numéro 1 dans la lettre de Maman et aussi pour qu'il ait de l'énergie. De toute façon, il semblait infatigable.

Pour vérifier s'il était si costaud que ça, j'ai décidé de lui construire un parcours à sa mesure avec mes Lego et tout ce que je trouvais.

J'ai fabriqué un parcours assez chouette avec un tunnel et un toboggan infernal.

J'ai ordonné :

– Allez, Frimeur ! On arrête la rigolade. Ça, c'est un vrai terrain de commandos ! Prouve que t'en es digne… Go !

J'ai posé mon hamster à l'entrée du tunnel. Frimeur a couiné pour dire qu'il était d'accord. De toute façon, il n'avait pas le choix.

Impressionnant ! Frimeur a été impressionnant, très exactement jusqu'au toboggan. Là,
je ne sais pas si j'avais vu trop grand ou s'il
commençait à faiblir, en tout cas, il s'est mis à
mouliner des pattes arrière. Il a dérapé et il a
plongé...

Et il s'est éclaté sur la boîte de graines ! Oh, il ne s'est pas fait mal, mais il y en avait partout ! Je ne lui ai pas crié dessus, j'ai nettoyé comme j'avais promis en numéro 3 de la lettre de Maman. Frimeur a fait une petite pause, puis il m'a regardé fixement. J'ai compris qu'on pouvait reprendre l'entraînement.

On s'amusait bien quand Chloé est entrée, sans frapper à la porte, comme d'habitude.

– Baptiste ! C'est Théo qui vient te souhaiter ton anniversaire…

6
Dans le tunnel

Ma sœur ne se doutait pas que Frimeur était
en liberté dans ma chambre. Alors, j'ai crié :

– La porte ! Ferme la porte !

Trop tard. Ce que je craignais est arrivé.
Théo est apparu dans l'embrasure et Bobosse,
son chien, a forcé le passage. J'ai hurlé. Son
monstre allait me dévorer mon Frimeur.
Comme un fou, le chien a déboulé dans mon
parcours ; il a tout envoyé promener.

J'ai hurlé :

– Sortez-le ! Sortez-le ! Mon Frimeur n'est pas
dans sa cage !

Cet idiot de Théo n'a pas réagi, mais ma sœur a paniqué :

– Où ça ? Où ça ?

– Dans le tunnel !

Moins empoté que son maître, Bobosse a compris tout de suite. Il a saisi le tube dans sa gueule et il l'a secoué de toutes ses forces.

J'ai vu que Frimeur commençait à glisser, j'ai vu qu'il faisait ce qu'il pouvait pour s'accrocher avec ses petites pattes et puis il a chuté. Par terre, sur le tapis, juste sous la tête du chien. À rien de sa gueule ! À rien de ses crocs !

Mais, là, je n'oublierai jamais ce qui s'est passé, et Théo non plus. Son Bobosse, sa merveille, la terreur de l'immeuble et même de toute la rue, a pilé devant Frimeur. Bobosse s'est aplati sur le tapis, la tête entre les pattes, et il a gémi. Oui ! il a gémi.

Et, soudain, il s'est relevé d'un bond, il a fait
volte-face et il s'est enfui dans le couloir en
aboyant à la mort.

Et Théo a détalé à sa suite en criant :

– Bobosse ! Reviens ! C'est qu'un hamster !

Ma sœur me regardait, les yeux ronds comme
des soucoupes et, moi, je regardais Frimeur qui
crachait de colère. Je l'ai retenu, on ne sait
jamais, il aurait peut-être fait un malheur.

Lentement, à reculons, Chloé est sortie de ma chambre. Elle nous a laissés seuls, rien que nous, Frimeur et moi.

Je l'ai félicité et lui m'a chatouillé le nez avec ses moustaches. Maintenant que je m'y connais, je sais que ça veut dire « T'es super ! » en rongeur. Frimeur avait tellement craché que j'ai dû lui donner de l'eau fraîche.

Il s'est reposé dans sa cage, et moi, avec la petite pelle en plastique jaune, j'ai enlevé ses crottes pour que l'odeur ne lui pollue pas les poumons.

On était bien. On était tranquilles.

Bien sûr, on ne pourra jamais marcher lentement jusqu'à l'école, moi tout fier et lui tout droit à l'autre bout de la laisse. Mes copains ne crieront pas : « Trop fort, le collier ! » ou : « Vise un peu, les muscles ! » Mais au moins, lui, je pourrai l'emmener en classe. Parce que ce n'est pas demain matin que Théo réussira à fourrer son trouillard de Bobosse au fond de sa poche !

Je l'ai caressé longtemps, longtemps du bout du doigt.

Ce n'était pas marqué dans ma lettre d'engagement, mais il l'avait bien mérité. Peut-être que, comme chien, Frimeur était nul, mais, comme hamster, c'était un champion !

Achevé d'imprimer en février 2008 par Oberthur Graphique
35000 RENNES – N° Impression : 8313
Imprimé en France